인연

인연

정민자 시집

해피북미디어

인연

1판 1쇄 발행 2014년 12월 29일

지은이 정민자
사진 이명해
펴낸이 권경옥
펴낸곳 해피북미디어
등록 2009년 9월 25일 제2009-000007호
주소 부산광역시 동래구 온천2동 399-12
전화 051-555-9684 | 팩스 051-507-7543
전자우편 bookskko@gmail.com
ISBN 978-89-98079-09-3 03810

*책값은 뒤표지에 있습니다.
*파본은 구입하신 서점에서 바꾸어 드립니다.
*이 도서의 국립중앙도서관 출판시도서목록(CIP)은 서지정보유통지원시스템 홈페이지(http://seoji.nl.go.kr)와 국가자료공동목록시스템(http://www.nl.go.kr/kolisnet)에서 이용하실 수 있습니다.(CIP제어번호: CIP2014036898)

인연을 소중하게 여기며

세상에서 만나진 모든 관계는 인연으로 정리된다. 나는 새롭고 아름다운 인연을 너무 이상적으로 기대하며 일상을 살아온 듯하다. 그런 인연을 소중하게 여기나, 그런 인연들로 인해 많은 상처를 받기도 하였다.

인연의 다함과 당황스런 이별을 경험하는 과정은 우리 인생의 어디쯤에 몇 번은 있다. 좀 더 마음 가볍게 인연을 다하는 방법과 과정 속에서 알게 된 것을 시로 표현하고자 했다.

마지막이란 단어를 아파하기보다 다함 또는 완성으로 받아들이기까지 조금은 혼란스러웠다. 그러나 인연의 다함이란 곧 자유로운 영혼이 시간의 여행자가 되는 것이니, 이 또한 깨달음의 과정이 아닌가.

우리 모두는 11월의 들판에 홀로 서 있는 외로운 영혼인 적도 있고, 비 오는 날 함께 비를 맞는 따뜻한 영혼이기도 하다. 그러기에 좋은 인연으로 함께하기를 기원하며, 쓸쓸한 기도마저 나를 존재하게 하는 날들이었음을 기억하고 싶다.

이 시에 등장하는 수오재는 나에게 시를 쓰게 한 공간이자 나의 건강을 지켜준 오래된 한옥이다. 짧고도 긴 인생 여행에서 경주 고택 수오재에서 우연하게 만난 손님들은 나로 하여금 진정 인연이 무엇인지 체험하게 했고, 100년 이상을 지켜온 한옥 수오재 목신들도 도도한 인연의 힘을 알게 했으니, 귀한 인연은 진정 고리에 고리를 엮음이라.

시를 더욱 아름답게 채색해 준 영상을 제공해 준 이명해 교수님과 수오재 주인장 이재호 작가님은 현생에서 만난 나의 소울메이트(soul mate)이다. 인연을 알고 다함의 과정에 감사의 기도를 드린다.

우리는 언젠가 홀연히 혼자 떠나가는 영혼들이다. 살아 있는 동안 세상의 인연을 즐기고 아름다운 마음으로 인연을 다하기를 진정 기원해 본다.

2014년 겨울에
마음을 쓸고 가는 수오재에서
정민자

차례

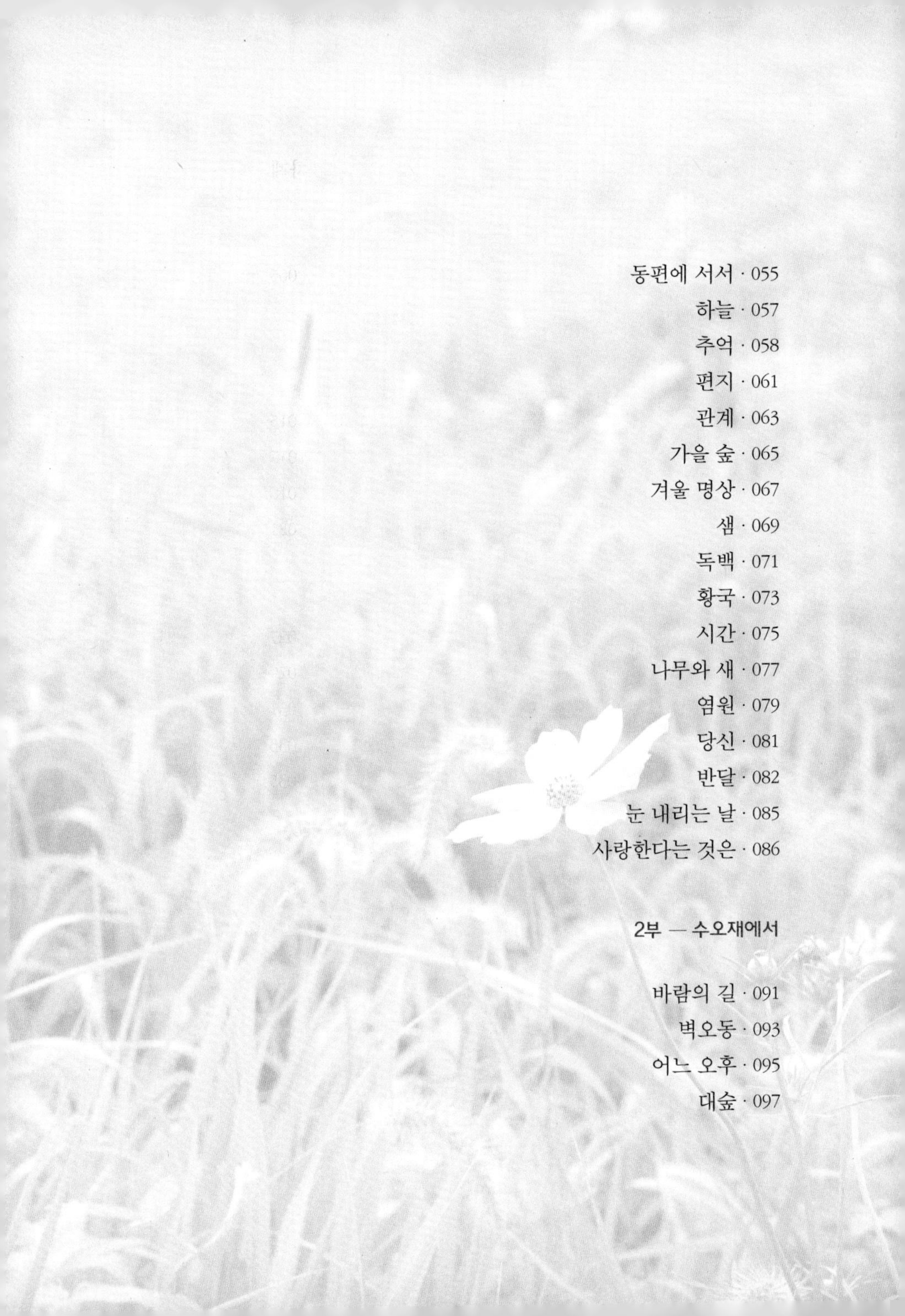

3부 — 인생 여행

1부 ——

그대
그리고
인연

그대

옆에 있어도
멀리 있어도
있어야 할 그대.

세상은 그래서
풍요롭다.
평화롭다.

나, 존재한다.

만남

만남은 미치도록 아름다운 것.
너와 내가 완벽하게 결합할 때

이슬비처럼 스며드는 그대
향기로운 음악 같은 그대

그대와의 만남은
고독한 날들의 마지막 기도.

동행

향기가 나는 당신이
앞에 있어
오늘은 참 행복했습니다.

말하는 입에서
나비가 날아 나오고
제비꽃 밭에는 당신의 꿈이 펼쳐져
무척 기뻤습니다.

반짝이는 눈에는
눈물이 고이지만
세상은 그래도 끝까지
살 만하다는 당신이 있어
나도 살고 싶습니다.

같이 하늘과 별을 바라보고
같이 바람의 길에서 바람을 안고
눈 내리는 마당에 발자국을
같이 만드는 그날들로

일상이 채워지는 꿈을
만들어 봅니다.

봄비를 맞으며

비로소 세상 이야기를 끊고
혼자만의 산책을 하다.

까치가 봄비를 즐기고
산새가 우엉우엉 노래한다.

발길마다 푸른 새싹이 돋아
봄비에 미소 짓고

바람에 쏟아지는 빗방울이
내 눈썹에서 진주된다.

내 님도 세상에서 걸어 나와
말없이 내 뒤를 따라
그저 뚜벅 뚜벅 걸었으면.

깊은 강

흙탕물이 되어 흘러가다 보니
마음 깊은 줄 모른다.
어떤 인연으로 만났는지
정말 모른다.

눈 감고 시간 속으로
들어가 보면
깊은 강 건너
이렇게 만난 줄 알 것을….

님

오지 않을 것만 같은 님이
밤새 눈길 따라 찾아왔네
기다림이 너무 깊어
무너진 영혼…

인연

그대와의 마주침은
참으로 이상도 하여
전생의 연으로 돌릴 수밖에.

살아서 마주 보면서도
인연이 다하였다 하니
그것도 참으로 이상하지.

연이 다함은
구속의 사슬에서 풀어지는 것.
날개를 달고
훨훨 나는 자유를 갖는 것.

전생의 연이 또 연이라면
풀어야 할 또 하나의 인연이라.

미련

평생 갈 것 같은 인연이
오늘로 끝나고

밤길을 걸으며
가슴에 그대를 묻었다.
하얀 눈으로 덮었다.

고개 들어 하늘 보니
초승달이 걸렸네.
그대 눈이 걸렸네.
'정이라도 걸어 갈 것이지'

악연

악연도 인연이라
악연의 고리에 걸려 있네.

폭풍우를 맞는 나무가 되어
인연의 비에 푹 젖어 있네.

그대와의 악연
나의 시간 속에 있네.

폭풍우 지나가면
그 비도 바람처럼 사라져 가리.
새로운 시간이 나를 기다리네.

어느 만남

동양자수를 하는 여인을 만났네.
두 번째 우연히 마주친 그녀,
"전생의 친구였으니
 이렇게 또 만나는구려~"

미소를 띠며 건네는 말
"그렇지 않고서야 취향이 같고
심미안이 같을 수 있으랴!"

새삼 전생의 친구들이 모였네.
마음이 절로 통하였네.

사랑

당신이 있어 참 행복했습니다.
한 삶의 끝에서
당신과 함께한 시간이

사랑의 연결감이 없다면
사랑은 그저 대상이요, 타인일 뿐.

함께 일하며
같은 주파수를 맞추고
연결되어 있어
한 생 같이했습니다.

언제 끝날지 모르는
시간 앞에서
진정 고마움 전합니다.

-눈망울이 초롱초롱한 당신에게

향기

바람이 있어 향기가 나듯이
당신이 있어 인생이 향기 난다.

바람에 꽃 향기 실려 오듯이
세월에 당신의 연 이어지네.

바람 속에 꽃향기 사라지듯
바람 같은 세월, 당신 떠나가네.

아
당신의 향기 내 가슴속에
내 영혼 속에 퍼져 있네.

연인

당신의 연인은 누구십니까?
연인이 없다고 말한 그대.
어찌 연인이 없다고요?

당신을 지극히 사랑하면
당신이 연인.
자연을 사랑하면
자연이 연인.
신을 사랑하면
신이 연인.
함께하여 아주 평안한 당신.
그도 연인입니다.

우린 연인이란 인간을
떠나보냈을 때,
비로소
진정한 연인이었음을
그대가 나의 바람이었음을

비로소 아는 바보입니다.

귀염둥이

제자들이 자주 귀염둥이로 보이니
어찌 된 일인지 나도 모르겠네.

말귀 알아듣고 깜빡이는 눈이 그저
사랑스러우니 나도 잘 모르겠네.

어리나 나이 많으나
지혜를 나누는 그 순간들이
순수한 영혼의 교감이라 그럴까?
나도 잘 모르겠네.

사랑과 나눔의 가치에 흠뻑 젖는
어떤 정서 때문에 그럴까?
나도 잘 모르겠네.

비판보다는 화해와 상생을
논쟁보다는 이해와 용서를
갈등보다는 사랑과 보듬을
배우는 마음공부 때문일까?

아마 그렇겠지.

바다가 보이는 찻집

바다가 보이는 찻집이면
모두 사랑에 빠진다.

마주 앉은 이가
어떤 인연이기에

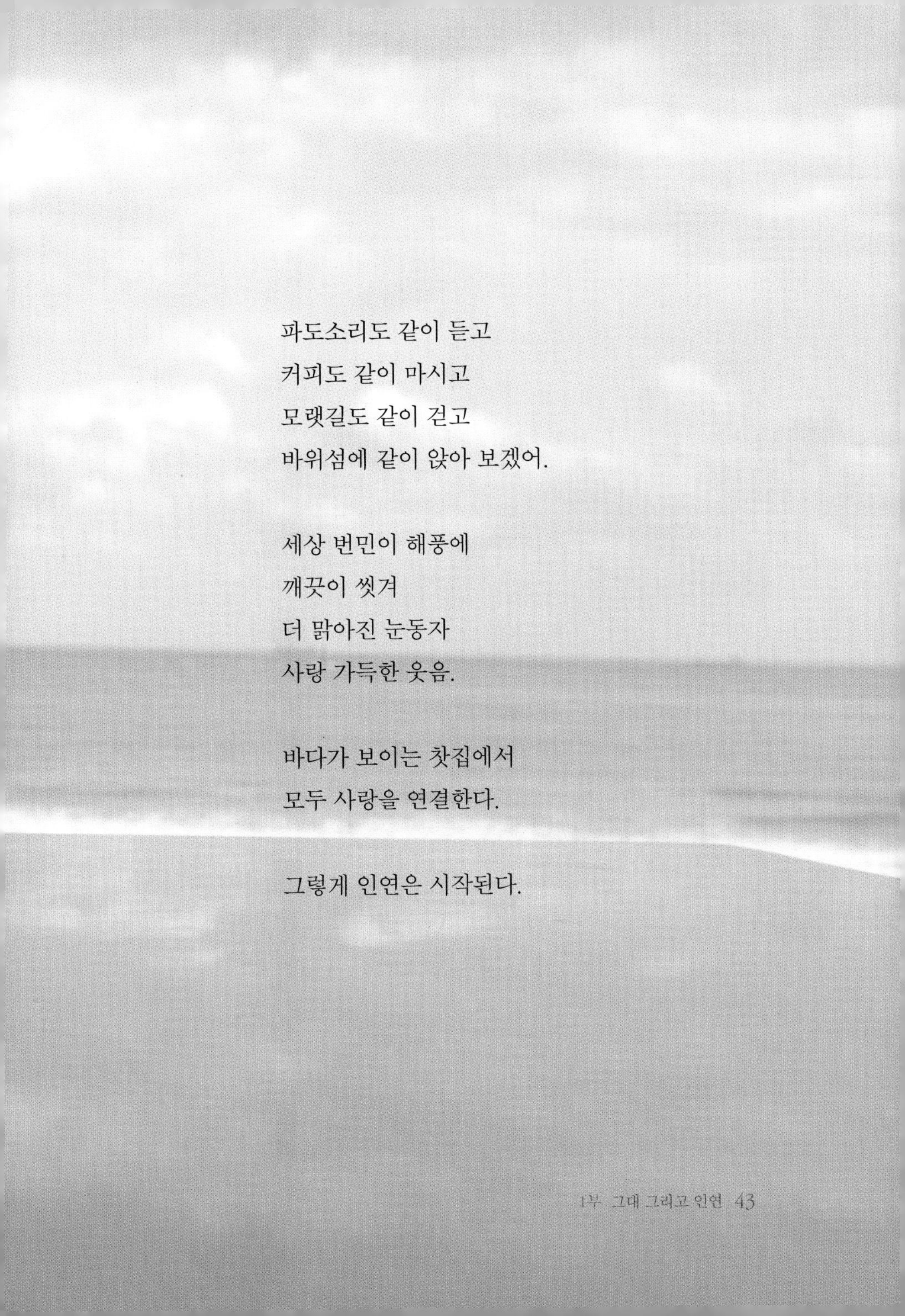

파도소리도 같이 듣고
커피도 같이 마시고
모랫길도 같이 걷고
바위섬에 같이 앉아 보겠어.

세상 번민이 해풍에
깨끗이 씻겨
더 맑아진 눈동자
사랑 가득한 웃음.

바다가 보이는 찻집에서
모두 사랑을 연결한다.

그렇게 인연은 시작된다.

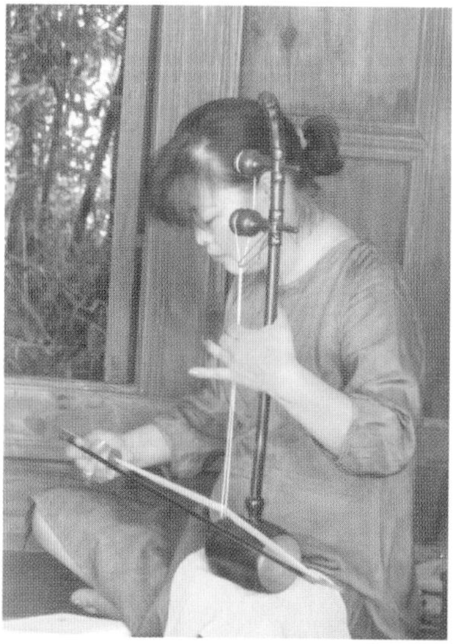

해금 상상

두 줄이나, 만 개의 소리를 만들어
가슴에 큰 호수를 일렁이게 하니
저절로 눈물이 난다.

아득한 하늘에서 흩어지는 눈발
이승을 떠나가는 어느 소녀가
조용히 손짓한다.

해금은 필시 그녀가 연주하던
악기를 닮았나 보다.
그녀는 그렇게 자유를 얻었나 보다.

그 사람

그는 왜 그리 마음이 복잡할까.
많은 이야기를 하는데도
와 닿지 않은 가슴속.

마음은 토끼의 간처럼
용궁 밖에 걸어두고
말만 말만 징처럼 울린다.

빤히 쳐다보는 내 눈에
눈을 깜박깜박거리는데
헤어질 즈음이면
눈물을 흘릴 것만 같다.

그녀

영혼의 주파수가 같은 이
그녀를 만나면
오래전부터 함께했던 느낌이 온다.

미소만 보아도
눈빛만 보아도
기쁨과 고뇌가 내 가슴으로 온다.

아무나 열 수 없는
아무나 들어올 수 없는
성을 가진 나에게 다가온다.

그녀는 그렇게 있고
나도 그렇게 다른 곳에 있어
오랫동안 못 만나도 마음은 온다.
봄날의 라일락 향기로.

동료들에게

사랑한다는 말보다
사랑하는 방법
사랑하는 행동을 함께했던 이들이여.

짧고도 긴 시간을
말보다 활동으로 채우라 했던
나를 바다로 보내주시오.

뭍이 답답하여
바다가 있는 도시를 선택하여
살다 간 아버지처럼
나 바다에서 자유하리다.

은빛 물결 넘실대는 바다 위를
봉황으로 잠깐 날고
나의 별로 돌아가리라.

수오재 마당 벽오동에
잠깐 내려앉아 꽃담을 쌓고

뒷동산 소나무 숲에
작은 돌 하나 얹어 놓고
나 나의 별로 돌아가리라.

당신들이 있어
당신들의 마음이 있어
짧고도 긴 인생이 행복하였어라.
같은 목소리로 노래했던 동료들이여—

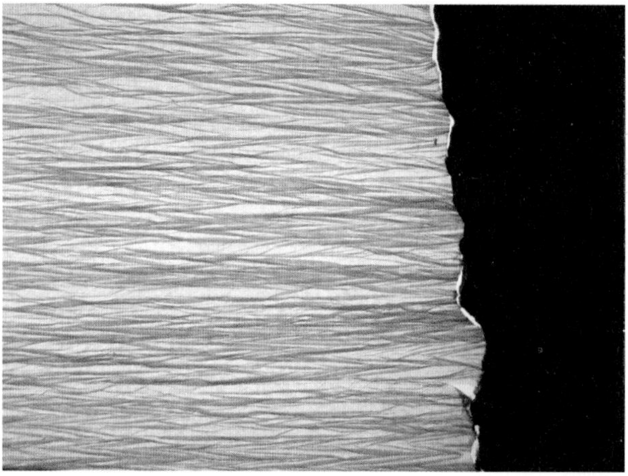

이별

그렇게 헤어질 수 없다.
아무리 말해도
인연이 다함은 어쩔 수 없다.

잠깐 마음을 주었으나
홀로 걸어 갈 길이니
어쩔 수 없다.

인생의 동반자일지라도
언젠가는
홀연히 혼자 사라지는 게 인생.

이별이 이별이 아닌 것을
함께 살아도
함께 사는 것이 아닌 것을.

그래서 헤어지는 것을….

동편에 서서

동편에 서서
서쪽 하늘을 바라보네.

내가 돌아갈 고향이 저편에 있네.
노을로 눈물 적시고
보랏빛 바람으로 소식 전하네.

나 동편에 집 지었으나
잠시 머무는 주막 같은 곳이네.

아!
당신이 서편에 있었네.

하늘

꽃비 내린 하늘에
당신의 미소가 가득하다.

바람으로 내려오는
당신의 향기에
하늘을 올려다본다.

같은 별에서 와
같은 언어로 말하는 우리는
저 하늘이 우리 고향이다.

추억

다 잊은 것은 아니다.
잊고자 함이었다.

그날의 추억도
잊고자 하였으나.
그곳에 가면
고스란히 살아난다.

안개 속에서 걸어 나오듯
유령보다 더 진한
기억을 가지고 나타난다.

어느 날 그런 추억을 나는
잊고자 함보다
빛바랜 인생으로
담담히 받아들이기로 했다.

오히려 꿈에도 없고
마음에도 없어

망각의 강을 오가는
돛단배가 되었다.

인연의 사슬은
그렇게 그렇게
떠나는 것이다.

편지

'그대를 무척 사랑합니다!'
'보고 싶어요!'
'그립습니다!'
'존경합니다!'
'행복하세요!'
'주님의 은총이 함께하기를'

이 정도 편지를 주고받으면
행복한 거 맞지요?

오늘 나도 편지를 쓴다.
그대에게로
나에게로.

관계

질긴 인연이 가끔은 징 하다.
너무 징 하여 서럽다.
제발 돌아서 버렸으면 좋겠는데

발길 돌려 또 제자리인 연유가
필시 풀어야 할 매듭이 있는 모양인데
누가 그 매듭을 풀 것인가.

엉겨 붙은 인연은 분명 한두 번이 아닐걸.
갚아야 할 빚도 한두 푼이 아닐걸.
떠나가려 해도 떠나지 못하는 발길
아직도 풀어야 할 매듭이 많긴 많구나.

죽어야 끝나는 거라면
질긴 보따리 어디 풀어나 보자.

가을 숲

짙어가는 초록 숲 끝은
그대와 나의 영혼이 함께하는 곳.

가을이 가기 전에
화려했던 청춘 앞에 한 잔의 차를 올린다.

그대 있어
낙엽 되어 나 떠날지라도
숲으로 돌아가 당신을 기다리리.

겨울 명상

남겨진 시간이 얼마 남았을까?
사랑하기도 부족한 시간

까마귀 떼들이 줄지어
한 시절을 즐길 때

아직도 싸우는 부부들이
마냥 측은하네.
그들에게 남겨진
관계의 시간은 얼마나 남았을까?

겨울바람이 지나면
봄은 오건만,
우리 인생은 이 봄이 그 봄이 아니지.

오늘 만난 그 부부는
겨울바람 앞에서
봄을 느껴보지 못하였나 보다.

샘

그리운 님
기다리는 날을 거슬러
강을 건너온 님

빠알간 석류처럼 터진
가슴앓이
엄마 약손에 아물어진 상처처럼

당신이 치유의 샘이네.

독백

너와 보내고 나니 쓸쓸함 가득하다.

허공이 된 마음 안에서
조용히 웅크린 내가 눈을 들어
또 다른 나를 쳐다보고 있다.

한 바탕 휩쓸고 간 눈보라를 맞으며
말없이 앉아 있었던 내가
또 다른 나에게 손을 내미네.
"그동안 힘들었지?"

황국

겨울을 기다리는 것은
내가 지기 위함이다.

늦가을 서리 속에
당신을 떠나보내며

가을에게 나의 찬란함을 바치고
스러지는 별들 따라 가고 싶다.
나 이렇게 이 가을을 떠난다.

시간

보이지 않는 기다림은 목마름이지만
보이는 기다림은 설레임이다.

저 멀리 먼저 가
그대를 기다리니

그대는 시간의 다리를
건너오리라.

보이지 않든지
보이든지

그대 기다림에
나 살아 있는 것이라.

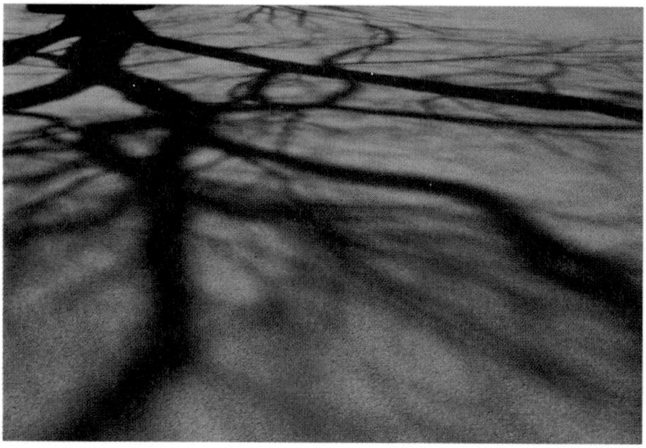

나무와 새

느티나무로 서 있는 나.
아름다운 목소리로 노래하는 새.

잠시 함께하는 기쁨
떠나가는 아픔

하늘을 향해 솟아가는
하늘을 향해 날아가는

그대와 나.

염원

당신은 이미 내 곁에 와 있었건만
알아보지 못함은 가려진
마음의 눈 때문이었네.

짙푸른 하늘이 그대의 염원에 귀 기울이니
나 그대 곁에 이르렀네.
온 생을 방황하여
외로운 길에서 만난 그대여.

당신

당신은 나의 천국

나의 마지막 정원.

반달

창밖을 보니
희미한 반달이 동산을 넘어간다.

아무도 없는 마당을
은근하게 도도하게 밝히는 저 달
시공간을 초월하게 한다.

언제부터였던가?
이제까지 있었지만 그저
밤에 잠깐 깜박이다 가는 별빛
그게 인생이란 것을 안 날로부터.

잔인한 인간들로 멀어지기를
표피적인 관계들로부터 무심하기를
초월적인 영혼을 만나기를
기도하지 않았던가!

반달은 항상 그렇게 있었다.
별빛도 그렇게 쏟아졌다.

나도 그대와 아주 오래전부터
그렇게 있었다.

눈 내리는 날

하늘에서 내려와
타락한 선녀가 된 날로부터
소복소복 쌓이는 그리움

비로소 평온해지는 날
눈 내리는 날.

그리움은 지천에 쌓여서
눈꽃으로 피어나

가늘게 뜬 눈
깊게 감게 하여

당신과 함께할
귀향의 꿈 만나는 날.

사랑한다는 것은

사랑한다는 것은
외로운 그대를 말없이
포근하게 안아주는 것이다.

나의 심장이
당신의 찬 가슴을 녹이고
무력한 그대 영혼에게 숨결 넣어

한동안 안겼다가
나의 심장을 밀어내고
말없이 미소 짓게 하는 것.

그렇게 내 품을 떠나
먼 길을 떠날 때도
그대를 진정 믿는 것.
다시 돌아오지 않는다 해도

내 사랑의 분신으로
가볍게 또는 진지하게 세상을

잘 날아다니는 꽃씨처럼
살기를 기꺼이 기원하는 것.

그리하여 어디에서든
청초한 꽃으로 피어나
한 세상을 흔들리며 산대도
그 모든 것을 안아주는 것.

2부 —— 수오재에서

바람의 길

바람의 길이 열려 있다.
몇백 년을 살아온 소나무들도
바람에게 길을 내주고
옆으로 옆으로 흔들린다.

볼을 스쳐가는 바람의 입김
갇혀진 슬픔을 샘물로 녹여내
비로소 영롱한 눈물로 흐른다.

호리병에 담긴 영혼이 일어나
바람의 길을 따라 길을 나선다.
바람의 끝이 어디이든
당신과 함께 간다면….

벽오동

몇십 년을 숨어 있었던가.
짙푸른 녹음에
떡갈나무 소나무 그늘에 쉬다
겨울에 비로소 홀연히 서 있었네.

오그라진 너의 허리를 펴 주려
수오재로 자리 옮기니
비로소 봉황이 깃드네.

새벽산책에서 듣던 숨소리
산삼같이 깊은 뿌리의 향기
사랑의 유혹이 이 정도라면
내 목숨 다하여 님에게 주리.

어느 오후

집안을 울리던 아이들이 떠나고
풍경소리가 바람친구 된다.

서로 악수하며 한평생 갈 것 같던
지인도 떠나고
차 한 잔이 오롯이 벗이 된다.

오랫동안 묶어둔 붓을 들고
마음이 가는 대로 한 대를 치다.

대숲

아침을 여는 소리
새와 대숲이 만드는 향연.

숲의 향연에서
외로운 것은 내가 아니라
바람이 멈춘 대숲이네.

고요를 깨우고
당신의 존재를 알리는
흔들림이 시작된다.
당신이 있는 대숲이다.

달님을 맞이하여 품에 안고
깊은 밤으로 들어가는
대숲은 당신이다.

보름달

공기가 맑은 수오재의 보름달은
붉고도 향기로워 눈물이 난다.
오랜 연인처럼
예쁜 눈을 맞추며
그 사랑스런 목소리에 취하는 것은
오로지 그대 때문.

별이 뜨지 않아도 충분한 것은
미소 짓는 신께서
나의 눈물을 거둬 가고
마음 한가득 달빛이 쏟아지기 때문.

하얀 달도 제대로 보지 않고 살아온
도시의 여인으로
붉은 해 같은 달을 보니
잃어버린 고향에 또다시 눈물이 난다.

기억의 저편에 묻어 둔
그리움이여, 고통이여

눈물로 녹아내리는 허접한 나의 껍데기여
모두 버려야 할 지식들이여.

달빛과 친구가 되어
천년을 훌쩍 넘어 전생 여행을 떠난다.
아주 아주 오래된 친구들과
옛 신라향기를 안주 삼아 주거니 받거니
오로지 은은한 그대의 품속 때문이네.

겨울 안개

잿빛 하늘이 겨울 안개로
깊게 내려 마을을 안고 있네.

겨울 안개 속에서
그리움이 뚜벅뚜벅 걸어 나오네.
그대가 저 멀리서 다가오네.

겨울 안개 속으로 들어가
나, 사랑을 건져 나오네.
안개꽃 한 아름 만들어 나오네.

떡갈나무

입춘이 지나고 대보름을 맞으니
이미 냉이꽃과 민들레가 피어 있다.
아직도 겨울옷을 입은 나를
떡갈나무가 보고 미소 짓는다.
알고 보면 저도
봄맞이 준비를 하지 않았으면서.

이월

서쪽 하늘은 맑기만 한데
동편에서 눈발이 날린다.

아직 겨울인가 싶어
화분을 거둬 대청마루에 앉히고
다시 툇마루로 나와 보니
마당에선 서쪽 하늘에 노을 있네.

꽃들을 다시 봄바람에 내어놓고
잠시 홀린 미혹에 부끄럼이 눈발 되네.

황토방

따끈따끈한 방에 누워
곤한 몸을 풀어본다.

당신의 미소처럼 퍼져가는 기운.
깊고도 깊은 평화가
온방에 가득하다.

님의 사랑은 황토방 같은 것.
황토방에서 생기를 회복한다.

봄비

수오재 마당에서
봄비가 침묵하며
안개 속으로 사라지네요.

차 한 잔을 나누는 우리는
아주 오랜 세월 전에
만난 벗으로
안개를 거두어냅니다.

그렇게 올 줄 알았던 우리는
해야 할 어떤 일을 또
알고 있습니다.

수오재 마당에
봄비가 내리네요.
안개 속에서 인연이 오네요.

망각

내가 죽어간다는 것을 오늘도 잊었네.
점차 다가오는 삶의 한계.
초봄에 시장에 나가 예쁜 줄리아를
가득 안고 오니
당연히 잊을 수밖에.

해맞이 꽃

달맞이가 밤마다 피더니
어느 날 해맞이 꽃이 마당에 홀연하다.
맑은 노랑이 이렇게 강렬하다니

연노랑의 달맞이가 어찌 해맞이를 견주랴.
낮과 밤에 달리 피어야
서로 화해 상생이거늘.
그대와 나
달맞이네, 해맞이네.

선덕여왕에게 헌화하다

오늘
나는 인연을 정리하기 위해
노란 국화꽃을 엮는다.

산허리에 널린 억새들
너희들도 같이 가자.
흩어지는 것이 우리 모두의 인생이지.

정령으로 서 있는 푸른 솔아
너희들이 증인이구나.
다시 돌아온 영혼의 흔적들이여.

노란 들국화 향기로
억새들의 바람소리로
푸른 솔의 침묵으로
당신을 만나니
당신을 영원한 역사라 하네

아침

시골에서 맞이하는 아침
새들의 합창에 영혼이 먼저 일어난다.

밝아오는 문틈 사이로
당신도 함께 스며들고.

밤새 그리움이 녹아
아침안개로 온 마당을 적시네.

향긋한 솔내음으로
마음을 씻으면
내가 아침이 된다.

보리사의 석불

고요한 산바람이
천년을 버티고 서 있는 부처님께
오늘도 문안을 드린다.

어쩌다 나는 겨우 눈 마주치는데.
세월 앞에 그저 스산한 바람 한줄기다.
인생아—

고통이 있어 살아 있음을
깨닫는 어리석은 존재.
석불로 견디는 의미를
이제야 알겠네.

대화

들고양이가 야옹거리니
한결이가 멍멍 한다.

들어보니
저리 가라고 하네.

경주 장날

눈발 날리는 시린 하늘을
안고 겨우내 뿌리 내린 냉이들
깊고 굵은 허연 속살 드러내어
한 소쿠리 누워 있다.

주름 가득한 할머니
지나가는 객들 부르지만
차디찬 봄바람처럼 지나들 간다.
봄은 이미 와 있건만
봄이 아니네.

봄맞이 하러 장에 간 나
이상한 봄나물들을
바리바리 사 들고 봄을 담는다.
초봄은 경주 장날에 온 것을.
그렇게 봄은 온 것을.

침묵

침묵이 귀 소리로 울려 퍼진다.
이명 현상이라고 하기엔
침묵이 살아 있다고
너의 곁에 있다고 속삭인다.

간간이 댓잎 소리가
내가 살아 있다고
대청마루로 굴러 들어온다.
침묵이 침묵한다.

설중매

푸른 하늘에서
눈 바람 타고 내려온다.
낮달도 반쯤 누워 있는데

갈 길이 구만리 같은 건
딱 한 송이 핀 매화 때문이지.
향기는 저 멀리 두고

누가 뭐라든
눈발이 날려도
나는 나인 거지.

별채에 앉아

청보라빛 노을아
너는 나의 그림자

기와 끝에 앉은 새야
너는 나의 목소리

아무도 없는 마당아
너는 나의 마음이네.

싱싱한 가을바람아
너는 그대 영혼이네.

수오재 손님

손님은 왕이다.
수오재에 손님이 오면
우리 단골들은 살살 말하고
깨금발 하고 다니고
차도 소리 없이 마셔야 한다.

수오재 주인장의 엄명으로
차 소리 내면 절대 안 된다.
자는 손님 깨우는 소음이라고.

하지만 어떤 손님은
밤새 울어대는 개구리 합창
새벽에 지지대는 새들의 합창으로
불면했다고 구시렁대며
보따리 짐을 싸고 가버렸다.

고유섭 비 앞에서

코발트 바다를 눈에 넣고
죽어가던 영혼을 파도에 씻는다.

파도 한 자락 같은 인생아~
그래도 참으로 길었다.
슬로우 필름으로 돌려 보면.

40세에 돌아간 고유섭 인생.
신라 문무왕과 깊은 대화를 했었네.
파도에 지워지지 않는 비가 당신.

길게 사는 것보다
치열하게 사는 것을 보여준 당신.
그런 당신의 치열한 고독함이
잠깐 바닷바람으로 스쳐 가네.

한옥아

한옥아,
너 때문에 소란한 꿈에서 깨었다.

마을 친구에게 대화하니?
나도 별들과 대화하련다.

겨울비

겨울비를 맞으며
집을 찾아 헤맬 소년이여
기다리는 이 심정을 알 것인가.

너의 눈망울이 선하구나.
이 밤이 가기 전에
새벽이 오기 전에
너의 목소리를 듣자꾸나.

못다 한 눈맞춤이 아쉽구나.
손을 흔들며
들어오려무나.

-집 나간 한옥이를 그리며

영하 10도

대보름이 지났는데 영하 10도.
오랜 세월 사랑했는데 영하 10도.
인터넷의 슬픈 사연들이 모두 영하 10도.
살기가 팍팍한 세상이여.

그런 날에도 인생을 사랑하는 우리 모임.
영하 10도를 녹이는 우리 이야기.
영하 10도 사이를 뛰어 다니는 젊은 친구들.

영하 10도에 제맛 나는 곳이
한옥 수오재다.

3부 —— 인생 여행

세월

하늘을 보니 벌써 깊은 가을이구나.
새털구름은 달빛 따라 흐르고
나는 사랑 따라 흐른다.

당간지주 그대는
천년 넘게 그 자리에 서 있고
달님도 오늘처럼 그 자리에 떠 있네.
아!
흘러가는 것은 구름아 너이고
사라져 가는 것은 나이구나.

無想

여행자들은 살기 위해
처절하게 기도하는데
개들은 사원에서 퍼져 잠들어 있네.

아이들은 맨발로 탁발하는데
우리는 먼 하늘만 바라보네.

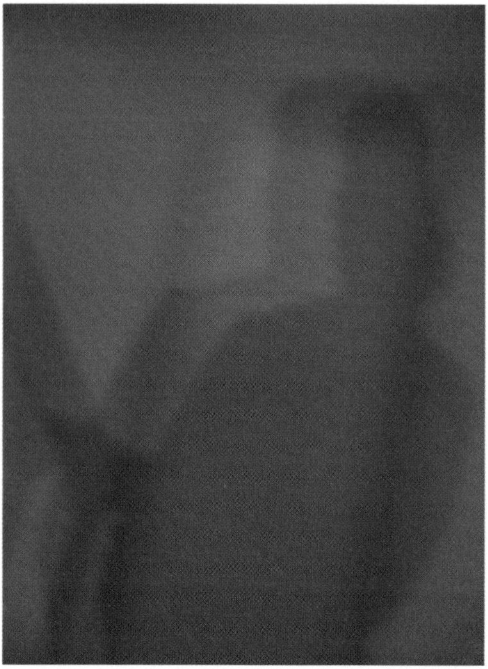

그곳

8층 건물 안에 갇혀
있던 산소를 모두 마시고
이제 나는 서서히 죽어간다.

심장이 아픈 것이 사실인데
터지는 것은 머리와 세상이다.

알면서도 가지 못하는 길 위에서
이대로 죽을 순 없다.
내가 가야 할 그곳이 있기에.

11월 1일

시월의 마지막 밤을 일 분 남기고
갑자기 행복해진다.
이제 진정 늦가을 속으로 세월이 들어가고
깊어가는 차가운 바람이 가슴에 안겨서이다.

가을걷이가 끝나가는 들판으로
페달을 힘차게 밟으며
끝나는 마지막 장을 넘기기 때문이다.

황금벌판을 사랑하는 사람과
황금벌이 사라진 들녘을 안는 사람
너와 나이지 않은가!

11월은 죽은 자를 기리는 묘제와
죽은 자를 위로하는 달이다.
죽음이 향기로워 행복한 달.

모두 영원히 살 것 같은 행위를
잠시라도 내려놓고

조금은 겸손한 얼굴이 될 것 같은 환상,

좀 더 인간다운 벗들을 만날 수 있어
11월 1일에 행복주 한 잔 하라.

유언

내 갑자기 가거든
바람의 길 옆 소나무 밑에
돌 하나로 남겨 두오.
바람처럼 떠나지 못한 이승의 삶
그 하나 돌에 불과하였소.

인연 되었던 그대라면
가끔씩 지나가다
물 한 잔만 부어주오.
짧은 인생 물 한 잔 같지 않소.

나의 별로 돌아간 나는
다시 오지 않겠지만
남겨진 인연에
그저 잠깐 사색의 열쇠가 되고 싶소

전생 기억

깊은 슬픔이 저 내면으로부터 솟네.
깊은 평화에 눈물이 절로 고이네.

내 영혼의 목마름.
나는 전생의 음악가.
여린 수녀.
나는 원래 음악을 사랑했네.
아주 깊이.

밤기차에서

밤기차를 타면
이상하게도 많은 생각이 파도처럼
밀려오고 밀려갑니다.
잊은 줄 알았던 고통이 유령처럼 걸어 나오고
차곡차곡 쌓인 분노가 몇 쪽에 생생히 있습니다.
다 지웠고 다 용서했다고 생각했습니다.

아련한 그리움과 번개같이 다가온 사랑도
끝나버렸다고 추억의 방으로 던져버렸건만
어디선가 향기를 내며 살아 있습니다.

밤기차는 과거 시간으로 여행하는 궤도를 탑니다.
기억에서 지워지기를 원하였지만
기억의 파일은 시간 속에서 머무르는 정거장입니다.

나 그리고 그대여!
우리는 잊혀지는 것이 아니라
잊고자 함이었습니다.

휴게소에서

안개 낀 고속도로
부드러운 감성의 올드 팝
따뜻한 커피
약간의 피곤함.

어둠 속의 가로등
오가는 이들의 표정
나는 차창에
비스듬히 기대어
세상의 행복을 내다본다.

ktx 안

여러 목소리가 어우러져
'세월의 강물'이란 심포니를 연주합니다.

경상도 억양이 유난히 흘러 흘러
시끌벅적 활기가 넘칩니다.

고개 돌려보니
톡톡 터져 나오는 봉숭아 씨앗처럼
억수로 큰 주송은 소녀들이었습니다.

건너 좌석에는
볼 붉은 소년이 조용히 창밖을 응시하며
눈만 깜빡입니다.

마술사가 조용히 하라고
하건만, 들떠서 웅웅거리는 벌떼가
꿀이 있는 꽃밭을 알리듯

소녀들의 왈츠로

봄이 기차 안에서 피어납니다.

아주 가끔은 그들이 있어
기차를 타는 동안 졸지 않습니다.

그들이 모두 예뻐 보이는 나는
그저 함께하는 마음 좋은 어머니입니다.

대만여행

여행을 하면서 깨달음을
얻어 행복하기도 하다.

그보다 행복한 것은
버림이다.

버림보다 더 행복한 것은
비움이다.

비움보다 더 행복한 것은
모두 지움이다.

화련 계곡 바위에 새겨진
저 글씨는 뭐냐!

반달

삭막한 도시에도
은은한 반달이 걸려 있다.

소리 없는 전쟁이 일어나
짙은 안개 가득한데
반달은 건물 사이로 슬슬 걸어 다닌다.

메콩강에서

황금의 트라이앵글 메콩강
돛배를 타고
빠져린 역사는 흐물거리며
물길을 처올라 간다.

용의 머리를 한 산갈치가
쏘아대는 강 밑으로
허무한 죽음이 흘러간다.

저 멀리 보이는 허황한 왕궁
카지노 이야기가 물결 따라 퍼져 가
더욱 허무한 시간들

잠깐 동안 장자의 도를 떠올리며
슬픔을 메콩강에 던진다.

꺼내 보아도 모두 소용없는 것.
그저 현자들의 그림자를
기억할 뿐이다. 메콩강에서.

커피 한잔 여행

여름 새벽은 바다여행을 하기 좋다.
해가 뜨기 전에도 환한 여명에
창문을 열고
상쾌한 바람을 맞으며 달린다.

인적이 없으니 도로는 더욱 한산하고
너울대는 초목들은 모두 댄싱파티다.
질주본능을 가진 젊음이
그럴 때 제격인걸.

정자 바다는 해돋이 전에
이미 잠 깨어 있다.
어부들의 그물걷이와 흥정하는 이들
새벽장을 보러 온 이들이 어우러져

생활이 펄펄 뛴다.
생선들이 펄펄 뛴다.
경매가 펄펄 뛴다.

따뜻한 믹스커피 한잔
그 커피가 세상에서 가장 맛있는 순간
나는 잿밥에만 관심 있는
한 촌부처럼 어슬렁거리고
그날 여행은 커피 한잔 여행으로 끝난다.

말

별들이 무수히 쏟아진다.
잔 말들이 우수수 쏟아진다.

허공이 된 마음 안으로 바람이 분다.
은행나무 잎들이 뒹군다.

나는 말 속에서도
낙엽을 밟으러 걸어간다.
아주 깊은 호수를 찾아서.

별들이 우수수 쏟아진다.
바람이 지나간다.
말들이 낙엽처럼 사라진다.

술

술이 술술 넘어갈 때가
젊을 때지.

술안주 뭐가 걱정?
술은 물처럼 마시면 되지.

친구의 목소리가 노래 되지.
술이 술 마시면.

밤 벚꽃 아래 이슬 내릴 때
청춘은 절로 깊어진다.
그렇게 봄날은 간다.

별

차가운 바람 속을 헤매는 것은
별들이다.

눈물로 쏟아지는 것도
별들이다.

우리가 떠나온 곳도
별이다.

우리를 별로 데려가
다시 오지 않게 해라.

우리는 떠 있는 별이다.

인생

당신과 나 사이를
넘나드는 시간여행
종착역이 있어
오늘이 행복한 시간
기다림이 있어
고통을 인내하는 시간

흘러가는 시간이
아쉽지 않도록
아름답게 오늘을 몰입하라.

눈길

아무도 걷지 않은
길도 없는
눈 위에 길을 냈다.

길을 낼 때마다
깊은 슬픔이
깊은 발자국으로 박힌다.

혼자서 걸어온
시간의 보석들이
싸아락 싸아락
눈길에 쌓인다.

길 위에서

눈물을 가슴에 묻고
그리움도 가슴에 묻고
자식도 가슴에 묻었다.

하루를 살아가도
영원처럼 살아가는 길
그 길을 그녀는 걷고 있었다.
나도 그 길을 따라 가고 있었다.

길 위에 하얀 눈이 소복소복 내린다.
하늘을 올려다보니
하늘의 길은 춤추는 영혼들로 가득하구나.

눈 내리는 길 위에서
먼저 간 자와
나중에 갈 자가
가슴으로 만나는구나.

-자녀를 보낸 님에게

가을에 한 이별

그대가 애절하게 준 눈빛은
들국화 향기로 스며들고
마당에 흩날리는 낙엽 따라 사라진다.

우리가 갈 길이 다르기에
마주할 수 없네.

좀 더 어리숙했다면
좀 더 세상몰랐더라면
좋았을걸.

내 갈 길이 바빠
당신을 남겨두고

성큼성큼 바람처럼 떠나니
그저 용서해 주구려.

들국화 향기 피어날 때
그대 사랑 날아온 줄 알겠소

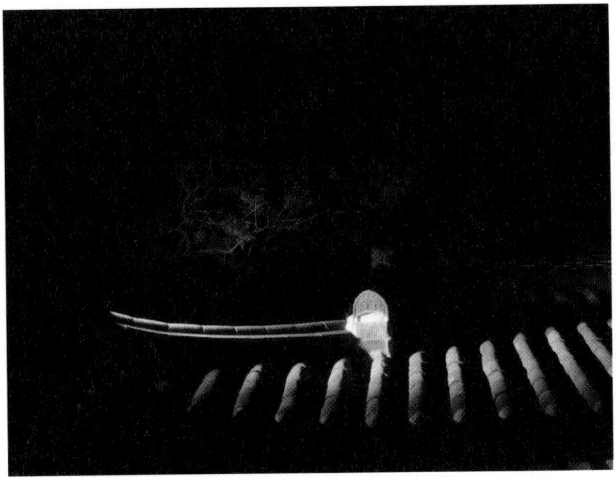

여행자의 하룻밤

어제 밤까지 우리는 와인에
한껏 마음을 담그고
지구를 반 바퀴 돌아 만남에
감격을 축하하고.

냉정과 열정 사이를 오가며
선함과 추함 사이를 논하며
신과 종교 사이를 오가며
인간의 존재함과 소유함을
이해할 즈음.

차가운 별이 쏟아지고
스산한 바람에 몸마저 스러져
모두 각자의 방으로 흩어지고
그렇게 이별의 노래를 들었네.

만추

코스모스 넘실넘실 바람에 흔들리고
고요하게 다가오는 당신의 목소리에
가늘게 뜬 눈 사이로 하얀 구름 가득하네.

잃어버린 사랑했던 조각들이 펼쳐지고
얼어붙은 마음들의 편린들이 살아나
오래오래 머물렀던 추억의 방을 나왔네.

당신이여 그리운 당신이여, 보고픈 그대여
선선한 바람으로 한 마당 가득 내려오소서.
늦가을이 가기 전에 내 눈물들 거둬 가소서.

정민자 시인의 시집 『인연』에 부쳐

이재호
(기행작가 · 수필가, 『천년고도를 걷는 즐거움』 저자)

우리 시대는 전문가의 홍수시대이다. 어떤 분야든 대량 생산해내는 공산품같이 양산해내다 보니 전문가를 존경하던 시대는 사라졌다 해도 과언이 아니다. 전문가는 많은데 진짜 전문가는 드문 시대가 되었다. 그러나 유독 시인만은 몇 줄의 글이 시대의 첨병이 되고, 아름다운 언어가 메마른 가슴에 심금을 울리기에 지금껏 존경받아왔다. 그러나 맑은 영혼으로 세상의 빛이 되는 시인보다는 삶의 깊이도 바닥이고, 날카로운 혜안의 눈이나 따뜻한 시선으로 바라보는 맑은 시인보다는 어쭙잖은 시인들이 많다. 언어를 보석같이 건져 올리는 것이 아니라 자신의 미미한 위세를 위해 휘하에 거느리는 군단 제자 삼는다고 쥐어짜는 방법만 가르쳐 종이를 오염시키는 힘겨운 시들이 너무 많다.

그래서 강의나 시나 모든 글과 설명은 쉬워야 된다. 남이 모르면 자신도 모르는 것이다. 그것은 자신의 아픔과 슬픔, 희열과 고통을 내면으로 숙성시켜 쓴 시가 아니라 시를 만들기 위해 시를 썼기 때문이다. 그러면 옛 사람들은 어떻게 시를 썼을까?

경학과 역사를 섭렵하고 정치의 근원을 아는, 즉 통섭의 바탕 위에 시시각각 변하는 자연의 이치를 보거나 느껴 쓰는 것이라 했다. 다산 정약용은 "안개 낀 아침이나 달 밝은 밤, 짙은 녹음이나 가랑비가 내리는 것을 보면 시상이 떠오르고 구상이 이루어져 시가 저절로 읊어지고 천지자연의 소리가 맑게 울려날 것이고, 이게 바로 살아 움직이는 시가 되는 것이다."라고 설파했다.

정민자 시인에 대하여

필설로 말할 수 없는 것이 인간이라 했던가. 인간은 참 오묘하여 알다가도 모르는 것이다. 평생을 함께 살아도 서로가 서로를 잘 모르는 것이 인간이다. 그러나 짧은 10여 년 가까이서 지켜본 것으로 어찌 그 내면의 깊이를 알 수 있겠는가마는 정민자 시인은 능력이 참 탁월하다는 것을 많이 느낀다. 보통 사람들은 한 가지 일도 헤매는데 몇 가지의 역할을 거의 동시다발적으로 완벽하게 해내는 슈퍼우먼이다.

대학교수로서의 탁월한 능력은, 부족한 제자는 능력과 인간됨됨이를 채워서 사회에 나아가 제 역할을 할 수 있게 하는, 사랑이 동반된 따뜻함이다. 정 시인은 그 틈틈이 국가와 민족을 위한 가족정책과 다문화정책을 만들고 그것을 입법화하여 수많은 사람들이 혜택을 받을 수 있게 하였고, 보육과 복지 등 시인의 손이 안 닿은 곳이 거의 없었다. 상처받은 영혼을 위로하고 치유하여 홀로 설 수 있도록 고급상담가의 역할 또한 훌륭하게 해오고 있다. 이 모든 것을 한꺼번에 해나가자니 몸이 망가지고 소진되어도 무슨 사명감으로 이 세상에 왔는지 흡사 자신을 불사르는 불나비 같은 열정을 가졌다.

흔히 명예나 권력을 얻은 사람들이 고상한 취미나 여가로 시나 수필을 쓰는 경우가 태반이다. 그런 시들은 아무런 느낌도 없고 울림도 없다. 왜 그럴까? 무식해서일까? 아니다. 지식도 상당하고 공부가 취미, 특기인 사람들이 대부분인데…. 예전 사람들은 사람의 도리를 알고 문사철(文士哲)이 바탕에 깔려 있어 시나 문장이 격이 있었다면, 지금은 시험을 위한 공부에다 기안이나 보고서 쓰는 수준으로 살다 보니 사람도 글도 향기가 없는 것이다.

정민자 시인은 어릴 때부터 사서삼경을 공부한 특이한 바탕 위에 현대교육을 받아 고전과 문장, 시를 논할 격을 갖춘 상태에서 일찍이(1988년) 수필가로 등단하여 20년 전(1995년)에 수필집 『천하장사와의 이별』도 내었고, 수필가로 꾸준히 활동하면서 틈틈이 시를 써왔기에 깊이와 울림이 묻어난다.

흔히 천재나 수재들은 훌륭한 인격을 갖추기가 힘들다. 잘났으니까 대단히 건방지거나 성격에 치명적인 결함을 지니는 경우가 태반이다. 조선 500여 년 동안의 천재 중 세 명을 들라면 나는 교산 허균과 다산 정약용, 추사 김정희를 꼽는다. 아홉 번 과거를 보면 아홉 번 다 장원을 해버리는 천재였고 집안도 쟁쟁했지만 자유분방했던 허균은 시대의 반항아로, 성인이 정한 인륜보다 하늘의 뜻인 천륜을 따르며, 능력보다 신분제로 억압하는 사회를 변혁시키고자 부단히 노력하다, 시대를 잘못 만나 형장의 이슬로 사라졌다. 추사 김정희도 얼짱, 공짱, 집안짱으로 조선에서는 당할 자가 없었고 중국의 석학과도 견주니 하늘 높은 줄을 몰랐다. 그러나 9년의 제주유배 생활에서 얻은 쓰라린 고통의 열매로 추사체도 완성하고 비로소 남의 장점도 인정하게 되어 사랑도 미움도 없는 달관의 경지에 이르렀다. 다산의 경우는 그렇게 뛰어나고 잘났으면서도 단점이 거의 안 보이는 좀 특이한 경우이다. 18년이나 억울하게 귀양살이를 하면서도 훌륭한 저술을 남겼고 남의 불행을 더 아파하면서 치도의 방책과 학문을 전수하는 담담한 일생을 살았다. 그래서 잘났거나 돈 많으면 겸손하기 어렵고, 권력이 있으면 명예롭기 어렵다 했는지 모르겠다. 정민자 시인도 한쪽으로 치우치지 않고 문과 이과를 다 넘나드는 묘한 균형을 갖추어 수재형의 독선과 아집이 거의 안 보이는 것이 단점이라면 단점이다.

문화 예술인들은 어릴 때 정서를 가지고 평생을 먹고산다는 말이 있다. 어릴 때 자연과 호흡하면서 흡수되었던 자양분을 화가는 그림으로, 문인은 글로 구체화시키듯이 어릴 때의 정서가 대단히 중요하다.

동해 바닷가 강릉에서 태어나 대학 가기 전까지 그곳에 살았던 정 시인은 누가 시키지도 않았는데 혼자서 매일 아침 자전거를 타고 경포대의 신사임당 동상에 가서 청소를 하는 범생이과이면서 스스로 내면을 키우는 방법을 터득하였다. 푸른 동해 바다는 시인의 영원한 향수이며 아련하고 애틋한 마음의 고향이다. 세상을 알듯 모를 듯한 핑크빛의 사춘기에 아버지의 죽음으로 성큼 인생을 알아버린 시인은 "뭍이 답답하여/ 바다가 있는 도시를 선택하여/

살다 간 아버지처럼/ 나 바다에서 자유하리라."라는 구절을 쓸 수 있었다.

직장도 바다가 있고 경주가 있어 울산대학을 선택할 정도로 바다를 사랑했다. 그래서 바다는 시인에게 생명이고 근원적인 그리움이다. 나에게는 강릉이 낳은 신사임당과 허난설헌이 겹치면서 어쩌면 정 시인이 극과 극의 두 분 성향을 합한 듯하다는 생각이 들 때가 많았다.

1부 「그대 그리고 인연」

만남이나 헤어짐도 인연이다. 그러나 그 인연이 무수한 환희를 주기도 하지만, 말 못할 고통을 주기도 한다. 1부의 「그대 그리고 인연」에 나오는 시어들은 삶의 저편에 홀로 있는 것이 아니라 삶 속으로 당겨져 있다. 언어에는 구어체와 문어체가 있듯이 말에는 고상한데 함부로 할 수 없는 말이 있고, 가까이 있어도 함부로 할 수 없는 말이 있다. 사랑, 인연, 행복, 아름다움, 향기, 존재, 이런 단어들은 항상 문어체로 멀리 있었지만, 시대의 변화에 따라 지금은 일상화된 것처럼 누구나 사용한다. 시인은 언어를 구어체, 문어체, 고상하고 무거운 단어와 가볍고 쉬운 단어 구분 없이 자유자재로 맑은 샘물 솟듯이 살려내었다.

인간은 존재하는 한 누군가와 만나게 되어 있다. 대상이 누가 되었든 꼭 있어야 될 그대가 필요하다. 시인은 그대라는 3인칭 화자를 통해서 "나, 존재한다"고 말했다. 「만남」이란 시에서는 "이슬비처럼 스며드는 그대" "너와 내가 완벽하게 결합할 때" 비로소 "만남은 미치도록 아름다운 것"이라 했다. 완벽한 결합은 그것이 육체가 되었든 정신이 되었든 누구나 갈구하는 영원한 이상이다. 그래서 토마스(Thomas R. Arp)가 "시는 모든 종류의 경험을 다루고 있다. 그 경험에는 실재와는 거리가 먼 상상적인 경험도 포함된다." 고 했는지 모른다.

인생을 살면서 마주보는 것은 진정한 동행이 아니다. 그럼 무엇이 동행인가. 시인은 "같이 하늘과 별을 바라보고/ 같이 바람의 길에서 바람을 안고/ 눈 내리는 마당에 발자국을/ 같이 만드는 그 날들로 일상이 채워지는 꿈을 만드는"(「동행」) 것이라 했다. 「깊은 강」에서는 "흙탕물이 되어 흘러가다 보니/ 마음 깊은 줄 모른다.// 눈 감고 시간 속으로/ 들어가 보면/ 깊은 강 건너/ 이렇게 만날 줄 알 것을…."이라 했다.

눈먼 장님이 눈을 떴을 때 앞이 보이지 않았다. "도로 눈을 감으시오"라는 말이 있다. 원래 깊은 것은 보이지 않는다. 깊은 슬픔은 눈물이 아니라 가슴으로 삼키는 것이다. 눈을 뜨면 시야에 들어오는 것만 보인다. 그것도 마음이 없으면 보아도 보이지 않지만, 눈을 감으면 생각의 깊이에 따라 온 우주가 보인다. 시인은 이것을 "눈 감고 시간 속으로 들어가 보면" 한 구절로 압축해놓았다.

「님」에서는 "기다림이 너무 깊어/ 무너진 영혼"이 될 정도의 간절한 갈구 끝에 "영원히 오지 않을 것만 같은 님이" 찾아왔다고 했다. 그것도 "밤새 눈길 따라…."

「인연」과 「악연」, 「관계」에서는 "연이 다함은/ 구속의 사슬에서 풀어지는 것"이라 했고, "악연도 인연이라/ 인연의 고리에 걸렸으며", "그대와의 악연/ 나의 시간 속에 있다."고 했다. 그리고 악연을 "폭풍우를 맞는 나무가 되어/ 인연의 비에 푹 젖어 있다"는 상징적 언어로 끌어들였다. "질긴 인연이 가끔은 징하다./ 너무 징하여 서럽다."로 시작하여 "죽어야 끝나는 거라면/ 질긴 보따리 어디 풀어나 보자."로 끝을 맺는데, 수용과 달관의 경지를 보여준다.

살다 보면 눈물 나는 아름다운 인연도 있지만, 떼려야 뗄 수도 없고, 거머리같이 떨어지지도 않는 참담한 악연도 있다. 인연을 맺었다가 고통의 악연일 때 그 인연을 정리할 때까지가 또 하나의 고통이지만, 마음으로 인연을 정리하면 진정한 평화와 맑은 영혼이 살아나는 것이다. 그것을 시인은 "구속의 사슬에서 풀어지는 것"이라고 압축해놓았다. 인연과 악연 그리고 관계는 영원한 삼각관계로 서로 맞물려 있어 꼬여 있는 매듭은 자르든 풀든 해결해야 할 숙제이다.

그래도 생을 다할 때 "당신이 있어 참 행복했습니다"(「사랑」) 한마디 할 수 있는 사람은 진정 행복한 사람이고 참사랑을 느끼며 살아온 사람이다. 사랑은 상대를 행복하게 해주는 것이 아닐까? 시인도 「사랑」의 시 첫 행에서 당신이 있어 참 행복했다고 노래하였다.

그렇다면 행복이란 무엇인가? 대상이 있다는 그 자체만으로 행복하다. 일터가 있고 사랑하는 사람이 있어야만 행복한 것이 아니다. 사랑하고픈 마음만 있어도 얼마나 설레는 행복이냐. 사랑과 행복은 불가분의 관계이다. 사랑하면 행복해지고 행복하면 사랑하게 된다. 단 대상을 무엇으로 하느냐에 따라 차이가 날 뿐이다. "우리 모두는 행복에 필요한 모든 것을 가졌다."는 괴테의 말을 빌리지 않더라도 행복은 도처에 있다. 다만 그 행복을 못 찾고 못 느낄 뿐이다.

연인은 도처에 널려 있어 선택만 하면 되는데도 사람들은 연인이 없다고 아우성이다. 그것은 대상을 사람으로 좁게 보아서 그렇다. 자연을 사랑하면 큰 침묵의 울림이, 절대자를 흠모하거나 숭배하면 존경의 기쁨이, 종교에 귀의하면 고요한 마음의 희열을 얻는 연인이기 때문이다. 「연인」에서 "당신을 지극히 사랑하면/ 당신이 연인./ 자연을 사랑하면/ 자연이 연인./ 신을 사랑하면/ 신이 연인."으로 간결하게 압축해놓았다. 시야를 넓고 섬세하게 보아온 시인의 예리한 예지이다.

「귀염둥이」라는 시는 교육의 현장에서 가슴으로 우러나는 따뜻한 사랑이 없으면 쓸 수 없는 시다. 교육현장에 있는 선생님들은 제자 사랑이 고갈되면 그만두는 것이 현명하고 훌륭한 스승이 되는 길이다. 가르친다는 사명감보다는 월급 받기만을 바라는 선생님이 많다 보니 이미 선생은 많으나 스승은 없고, 단순한 지식의 전달자 역할을 하는 사람이 대부분인데, 시인의 제자 사랑은 남다르고 특이하다. 그것은 한없이 따뜻한 가슴과 제자 사랑의 순정이 있어야 가능한 것이다. "제자들이 자주 귀염둥이로 보이니/ 어찌 된 일인지 나도 모르겠네."로 시작하여 "어리나 나이 많으나/ 지혜를 나누고" "사랑과 나눔의 가치에 흠뻑 젖는" 정서 때문으로 돌린다.

음악을 하다 보면 그 사람의 성향이 나타난다. 나는 슬픈 곡조나 한이 묻어 있는 노래를 좋아하지만, 시인은 명랑하고 잔잔한 노래를 좋아한다. 그래서 해금을 같이 연주해도 나는 더 슬프고 애끓게 했다면 시인은 맑고 명징하게 했다. 그 「해금 상상」의 시에서 시인은 다음과 같이 노해했다.

두 줄이나, 만 개의 소리를 만들어
가슴에 큰 호수를 일렁이게 하니
저절로 눈물이 난다.

아득한 하늘에서 흩어지는 눈발
이승을 떠나가는 어느 소녀가
조용히 손짓한다.

해금은 필시 그녀가 연주하던
악기를 닮았나 보다.
그녀는 그렇게 자유를 얻었나 보다.

-「해금 상상」 전문

「동료들에게」는 자신에게 미리 쓰는 유언 같다. "뒷동산 소나무 숲에/ 작은 돌 하나 얹어 놓고/ 나 나의 별로 돌아가리라." 인간의 수명은 유한하여 언젠가는 생을 마감해야 한다. 사람을 사랑하고 바다를 가슴에 품고 죽음으로 대자유를 얻고 싶은 갈망이자 해탈의 모습이라면, 「눈 내리는 날」에서는 자신의 의지로 선택된 세상(속세)이 아닐지라도 짧은 행복 긴 그리움을 "하늘에서 내려와/ 타락한 선녀가 된 날로부터/ 소복소복 쌓이는 그리움"으로 표현해 놓았다.

아래의 「염원」과 「당신」 두 시는 위 시들의 연장선에서 압축해 놓았다.

당신은 이미 내 곁에 와 있었건만
알아보지 못함은 가려진
마음의 눈 때문이었네.

짙푸른 하늘이 그대의 염원에 귀 기울이니
나 그대 곁에 이르렀네.
온 생을 방황하여
외로운 길에서 만난 그대여.

-「염원」 전문

당신은 나의 천국

나의 마지막 정원

-「당신」 전문

우리에게 당신은 누구인가? 영원한 수수께끼다.

2부 「수오재」에서

수오재(守吾齋)는 신라 천년의 역사와 문화가 살아 숨 쉬고 있는 경주의 오래된 한옥이다. 경상남북도, 전라남북도 등지에서 옮겨 지은 200년이 넘는 고택부터 다양한 형식의 집들이 있는데, 지척에 신라 52대 효공왕릉을 두고 대나무와 울창한 소나무 숲이 지친 사람들의 영혼을 달래주는 곳이다. 시인이 건강과 휴(休), 자유로운 영혼의 성찰을 위해 수오재서 많은 시간을 보내면서 건져 올린 시들이다.

시 「보름달」을 보자.

공기가 맑은 수오재의 보름달은
붉고도 향기로워 눈물이 난다.
오랜 연인처럼
(…)
하얀 달도 제대로 보지 않고 살아온
도시의 여인으로
붉은 해 같은 달을 보니
잃어버린 고향에 또다시 눈물이 난다.

-「보름달」 부분

그렇다. 달과 별이 잘 보이지 않는 것은 밝은 불빛 때문이다. 실

내생활 위주인 도시에 살다 보면 달도 별도 잊고 산다. 가로등만 졸고 있는 수오재의 밤은, 그 가로등마저 꺼버리면 하늘의 별들은 미소 짓고, 둥근달에서는 토끼가 방아 찧고 계수나무 하늘거린다. 신라향가 25수 중 가장 서정적인 「제망매가」를 지은 월명스님이 피리를 불면 달도 멈추었다는 그 월명리가 수오재가 있는 동네이지 않은가.

「황토방」에서는 "님의 사랑은 황토방 같은 것"이라고 극적으로 표현했다. 전체 집과 바닥에 시멘트를 쓰지 않은 수오재에서 건강을 많이 회복하는 시인의 체험담이다.

개를 무척 사랑하는 모습은 「대화」와 「한옥아」, 「겨울비」에서 잉태되었다.

들고양이가 야옹거리니
한결이가 멍멍 한다.

들어보니
저리 가라고 하네.

-「대화」 전문

한옥아,
너 때문에 소란한 꿈에서 깨었다.

마을 친구에게 대화하니?

나도 별들과 대화하련다.

-「한옥아」 전문

겨울비를 맞으며
집을 찾아 헤맬 소년이여
기다리는 이 심정을 알 것인가.

너의 눈망울이 선하구나.
이 밤이 가기 전에
새벽이 오기 전에
너의 목소리를 듣자꾸나.

못다 한 눈맞춤이 아쉽구나.
손을 흔들며
들어오려무나.

-집 나간 한옥이를 그리며

-「겨울비」 전문

'한옥'이는 수오재에서 지난번에 키웠던 개였고, '한결'이는 지금 키우고 있는 개 이름이다. 위의 시들은 두 개에 얽힌 애정이 녹아난 시들이다.

신라문화에 대한 사랑 또한 남다른 시인이 수오재에서 걸어가도 10여 분이면 만날 수 있는 선덕여왕을 아니 뵈올 수 있겠는가?

오늘
나는 인연을 정리하기 위해
노란 국화꽃을 엮는다.

산허리에 널린 억새들
너희들도 같이 가자.
흩어지는 것이 우리 모두의 인생이지.

정령으로 서 있는 푸른 솔아
너희들이 증인이구나.
다시 돌아온 영혼의 흔적들이여.

노란 들국화 향기로
억새들의 바람소리로
푸른 솔의 침묵으로
당신을 만나니

당신을 영원한 역사라 하네

-「선덕여왕에게 헌화하다」 전문

사람들은 저마다의 독특한 방법이 있다. 무언가를 정리하기 위해 버리는 사람도 있지만 채우는 사람도 있다. 이 시에서는 국화꽃을 엮으며 인연을 정리한다. 우리네 인생은 엮고 풀고 버리고 또 채우고를 반복하는 일의 연속이다. 소녀 시절 뜨개질을 아주 잘했다는 시인의 말이 연상된다.

수오재 저만큼 건너에 있는 보리사 석불은 남산의 여러 석불 중에서 가장 온전히 남아 있는 우수한 불상이다. 그 「보리사의 석불」에서는 "고통이 있어 살아 있음을/ 깨닫는 어리석은 존재/ 석불로 견디는 의미를/ 이제야 알겠네."라고 철학적 의미를 부여했지만, 어리석음을 안다는 것은 이미 깨달은 자이다.

동서양에 위대했던 사람들 가운데 자연을 멀리한 사람은 한 사람도 없었다. 인간은 자연과 교감하거나 사랑할 때 성숙해지고, 또 철학자가 되고 맑은 시인이 되는 것이다. 자연에 문화까지 곁들인다면 향기로운 삶이 될 것이다.

이 시집은 꽃과 나무를 사랑하고 문화를 아끼는 시인의 참된 삶에서 우러나는 시들로 채워져 있다.

3부 「인생여행」

누구나 인생은 있다. 그러나 인생을 어떻게 살고 느끼는지는 각자의 몫이고 그 차이는 천차만별이다. 그러나 인생도 머물지 못하고 하늘의 구름처럼 흘러간다. 그러다 홀연히 사라져가는 것도 인생이다. 세월은 막을 수도 잡을 수도 없고, 멈춤도 고장도 없는 전지전능한 신이다. 단 1초도 쉬지 않고….

시인도 「세월」에서 “흘러가는 것은 구름아 너이고/ 사라져 가는 것은 나이구나.”라고 했다. 세월이 흐른다는 것은 죽음의 길로 가까이 가고 있다는 것이다. 그런 의미에서 유언을 미리 써보는 것도 삶을 충실하게 살아갈 수 있는 길이다.

내 갑자기 가거든
바람의 길 옆 소나무 밑에
돌 하나로 남겨 두오.
바람처럼 떠나지 못한 이승의 삶
그 하나 돌에 불과하였소.

인연 되었던 그대라면
가끔씩 지나가다
물 한 잔만 부어주오.
짧은 인생 물 한 잔 같지 않소.

나의 별로 돌아간 나는
다시 오지 않겠지만
남겨진 인연에
그저 잠깐 사색의 열쇠가 되고 싶소.

-「유언」 전문

수목장이 법제화되기 오래전에 뜻 맞는 사람들과 운동을 같이 할 때 회장이었던 정민자 시인과 함께했던 인연을 돌아보면 이런 시는 갑자기 잉태된 것이 아니라 오랜 기간 숙성되고 농익어 나온 시(詩)라 의미가 깊다. 죽어서 묘지도 비석도 하지 않는 것이 진정 아름다운 인생이고 향기 나는 삶이다. 천하 만물 아름다운 온갖 동식물들이 인간처럼 무덤을 만들던가. 이 지구상에서 가장 추한 흔적을 남기는 것이 인간이다.

글 쓰는 사람들이 해외여행 다녀와서 쓴 이런저런 글들을 보면 지인이나 동호인들에게 동정란을 통해 알릴 정도의 글이 많다. 깊이와 철학이 없다 보니 시시콜콜한 잡문에 불과한 경우가 많다. 그러나 정 시인의 「無想」과 「대만여행」을 보면 우리 자신을 돌아보게 하는 울림이 크다.

여행자들은 살기 위해
처절하게 기도하는데
개들은 사원에서 퍼져 잠들어 있네.

아이들은 맨발로 탁발하는데
우리는 먼 하늘만 바라보네.

-「無想」 전문

여행을 하면서 깨달음을
얻어 행복하기도 하다.

그보다 행복한 것은
버림이다.

버림보다 더 행복한 것은
모두 지움이다.

비움보다 더 행복한 것은
모두 지움이다

화련 계곡 바위에 새겨진
저 글씨는 뭐냐!

-「대만여행」 전문

이처럼 여행은 새로운 깨달음을 주기도 하고 생활에 활력을 주기도 한다. 일상에서 미지의 세계로 떠난다는 것은 설렘을 안겨준다. 인생 그 자체가 여행 아니던가.

해외여행이 미지의 세계에 대한 상상의 확장이라면 국내여행은 일상을 미시적으로 투영해볼 수 있는 것이다. 시인은 목적지까지 총알같이 달리는 「ktx 안」 풍경을 정지한 모습으로 마치 그림 그리듯이 섬세하고 따스하게 그려놓았다.

여러 목소리가 어우러져
'세월의 강물'이란 심포니를 연주합니다.

경상도 억양이 유난히 흘러 흘러
시끌벅적 활기가 넘칩니다.

고개를 돌려보니
툭툭 터져 나오는 봉숭아 씨앗처럼
억수로 큰 주송은 소녀들이었습니다.

건너 좌석에는
볼 붉은 소년이 조용히 창밖을 응시하며
눈만 깜빡입니다.

마술사가 조용히 하라고
하건만, 들떠서 웅웅거리는 벌떼가
꿀이 있는 꽃밭을 알리듯

소녀들의 왈츠로
봄이 기차 안에서 피어납니다.

아주 가끔은 그들이 있어
기차를 타는 동안 졸지 않습니다.

그들이 모두 예뻐 보이는 나는

그저 함께하는 마음 좋은 어머니입니다.

-「ktx 안」 전문

만물이 숨죽이고 해도 잠든 이른 새벽에 어부는 월척을 낚았다면, 그리움의 바다로 달려가는 시인은 새벽바다 일상의 모습에서 생동의 시(詩)「커피 한잔 여행」을 엮었다.

생활이 펄펄 뛴다.
생선들이 펄펄 뛴다.
경매가 펄펄 뛴다.

따뜻한 믹스커피 한잔
그 커피가 세상에서 가장 맛있는 순간
나는 잿밥에만 관심 있는
한 촌부처럼 어슬렁거리고
그날 여행은 커피 한잔 여행으로 끝난다.

-「커피 한잔 여행」 부분

술이 술술 넘어갈 때가
젊을 때지.

술안주 뭐가 걱정?
술은 물처럼 마시면 되지.

친구의 목소리가 노래 되지.
술이 술 마시면.

밤 벚꽃 아래 이슬 내릴 때
청춘은 절로 깊어진다.
그렇게 봄날은 간다.

-「술」 전문

이 세상이 끝나는 날까지 망하지 않는 두 가지를 섹스산업과 술이라 했다. 바꾸어 말하면 인류가 존재하는 한 섹스산업과 술집은 망하지 않는다는 것이다. 이 기막힌 술도 절제가 동반되지 않으면 쌓아온 공덕은 일시에 무너진다. 이 시의 첫 구절대로 젊을 때야 술이 술술 넘어간다. 중반 이후는 절제하면서, 가려가면서 마셔야 술이 예술이 된다. 노년에는 음미하면서 깊은 향기에 취해야지 술에 취하면 추해진다. 아무리 두주불사, 말술이라도 술에는 장사가 없는 법이다. "청춘은 절로 깊어진다./ 그렇게 봄날은 간다."라는 마지막 구절처럼 청춘이 절로 깊어지는 만큼 술 향기 깊어질 때 봄날도 가는 것이 인생이지.

사계절이 뚜렷한 우리나라는 하얀 눈에 대한 가슴 시린 동경이 있다. 한 낭만 하는 시인 묵객들이 눈에 대한 가슴 벅찬 구절을 많이 썼다. 그중에서 "머 언 곳에 여인의 옷 벗는 소리"라던 김광균 시인의 「설야(雪夜)」의 이 구절이 그리움과 슬픔을 녹여낸 서정과 순백의 에로틱을 버무려놓은 서정의 극치라면, "눈 덮인 들판을 걸어갈 때(踏雪野中去)/ 함부로 걷지 마라(不須胡亂行)/ 오늘 내가 걸어간 발자국은(今日我行跡)/ 뒷사람의 이정표가 된다(遂作後人程)."는 서산대사의 「답설야중거(踏雪野中去)」는 지사적이다.

정민자의 시 「눈길」을 보자

아무도 걷지 않은
길도 없는
눈 위에 길을 냈다.

길을 낼 때마다
깊은 슬픔이
깊은 발자국으로 박힌다.

혼자서 걸어온
시간의 보석들이
싸아락 싸아락
눈길에 쌓인다.

-「눈길」 전문

"길을 낼 때마다/ 깊은 슬픔이/ 깊은 발자국으로 박힌다." 슬픔이 깊으면 깊을수록 발자국은 깊게 박힐 것이고, 그리움이 겹겹이 쌓이면 슬픔은 더 깊어질 것이다. 시인의 내면에 흐르는 생의 절제된 자아의 깊이를 깊은 발자국으로 승화하는 듯하다. 굴곡진 삶의 깊이만큼 주름이 깊게 파이듯 우리들의 삶의 깊이는 어디쯤일까?

정민자 시에서 흐르는 느낌은, 맑은 호수에서 건져 올린 듯하면서 깊은 고독이 절제된 삶의 함축성을 드러낸다. 성숙된 내면에서 갈고 닦아 깊은 심해의 청징한 고독감이 묻어난다. 그리고 인생을 관조한 가슴 아련한 시다. 결국 시는 자신의 철학과 사상, 가치관이 녹아나는 것이다. 그것이 경험했던 것이든 상상했던 것이든…. 그래서 보들레르도 "기쁨이든 슬픔이든 시는 항상 그 자체에 이상을 좇는 신과 같은 성격을 갖고 있다."고 했던가.

맑은 시에 누가 되지나 않았는지 모르겠지만 정민자 교수와는 삶과 철학과 예술을 그리고 인생을 주고받는 영혼의 친구로 감히 몇 자 적어보았다. 여전히 시인은 생을 다하는 날까지 가슴에 뜨거운 불덩이를 지니고 살아갈 것이다. 그리고 왔던 별로 돌아갈 것이다.